DISCOURS

PRONONCÉS
DANS L'ACADÉMIE
FRANÇOISE,

Le Jeudi XXVI Février M. DCC. LXXXIV,

A LA RÉCEPTION

DE M. LE COMTE DE CHOISEUL-GOUFFIER.

A
L'IMMORTALITÉ

A PARIS,

Chez DEMONVILLE , Imprimeur-Libraire de l'Académie
Françoife , rue Chriftine, aux Armes de Dombes.

M. DCC. LXXXIV.

M. le Comte DE CHOISEUL-GOUFFIER ayant été élu par Messieurs de l'Académie Françoise, à la place de M. D'ALEMBERT, y vint prendre séance le Jeudi 26 Février 1784, & prononça le Discours qui suit.

MESSIEURS,

DÉSESPÉRANT de remplacer l'homme célèbre que vous pleurez, vous avez voulu du moins lui rendre un nouvel hommage, en imitant son indulgence & en secondant l'intérêt qu'il daigna témoigner à ma jeunesse; c'est sans doute à ce premier suffrage que j'ai le bonheur de devoir aujourd'hui le vôtre.

M. d'Alembert me savoit gré du zèle que j'ai

montré pour les Lettres dans un âge où je ne pouvois montrer que du zèle; la paſſion qui m'avoit conduit juſques dans Athènes, dans cette ancienne Patrie des Arts, ſur les ruines du Portique & du Lycée, étoit à ſes yeux un titre ſuffiſant pour aſpirer à paroître parmi vous, MESSIEURS, qui, dans la nouvelle Patrie des Arts, nous rappelez aujourd'hui la gloire de ces lieux antiques.

Il combattoit, il repouſſoit les raiſons que ma timidité oppoſoit à ſa bienveillance; il ſut m'enhardir, & me faire eſpérer l'indulgence qui m'aſſocie en ce moment à vos travaux.

Mais après avoir parlé de ma reconnoiſſance, comment me flatter de parler dignement de ſa gloire ? comment oſer le tenter devant une Aſſemblée impoſante, & dans ces mêmes lieux où ſouvent il a reçu des hommages ſi flatteurs? Raſſurez-vous, MESSIEURS; ſes manes ne ſeront point privés du juſte tribut d'éloges qui leur appartient; ſa mémoire ſera célébrée par celui qui lui fut lié de l'amitié la plus tendre; qui, confident de ſes penſées, eſt encore dépoſitaire des monuments de ſon génie; par ſon plus digne Elève que le ſort a nommé pour ce devoir funèbre, comme les amis de M. d'Alembert l'euſſent eux-mêmes choiſi.

Telle fut ſa renommée, telle eſt l'étendue de ſa

gloire littéraire, que laiffant à-la-fois de juftes regrets aux Sciences & à la Littérature, il ne peut
être loué que par l'Orateur, qui, deftiné à faire fon
éloge en deux Académies, parle également la lan-
gue de l'une & de l'autre, & faura faire entendre
fa douleur dans tout l'empire des Lettres.

Mais duffé-je augmenter vos regrets, duffé-je, par
une forte de facrifice de moi-même, vous faire
fentir plus vivement encore combien il eft peu
remplacé, permettez-moi de jeter un coup-d'œil
rapide fur la carrière glorieufe que M. d'Alembert
a parcourue.

Les Sciences furent promptement averties de ce
qu'elles devoient en attendre ; & ce fut la Géométrie, la première paffion de fa jeuneffe & le fonde-
ment immortel de fa gloire, qui commença fa célébrité.

Il parut à l'époque où l'on n'étoit pas arrivé à
croire que la Géométrie pût s'écarter quelquefois
de l'auftérité de fa marche : l'ignorance faifoit encore
des efforts ; elle vouloit faire oublier généralement
ce précepte donné par les Savants de l'antiquité :
Sacrifiez aux Grâces, & s'obftinoit à faire croire
que le culte des Sciences, & cet autre culte qui
devoit leur affurer des profélytes, étoient incom-
patibles. Pafcal, il eft vrai, vivoit encore dans

nos souvenirs, mais comme un phénomène qu'elle pouvoit espérer de ne plus revoir : elle s'irritoit des efforts que l'heureux génie de Fontenelle opposoit à ce préjugé, qu'avoient ramené les siècles de barbarie.

M. d'Alembert n'auroit pas cru pouvoir s'autoriser de ces exemples fameux, & s'en faire un titre qui fondât pour lui l'espoir d'une double célébrité : mais ses amis, frappés de la justesse de ses idées à quelque genre d'étude qu'il les appliquât, & de la lumière qu'il portoit sur les objets dont il s'occupoit, cherchèrent à attirer ses regards vers la Littérature ; ils demandèrent à son génie le développement des vérités importantes pour le Genre humain, & ils obtinrent aussi de son esprit des observations fines sur les Arts : bientôt il les fit jouir du succès que méritèrent généralement les Eloges de Bernouilli & de l'Abbé Terrasson ; heureux de marquer ses premiers pas dans cette carrière, par un double hommage rendu à un Philosophe-pratique & à un Géomètre, dont il réunissoit à un égal degré, & les vertus & le talent. C'est par cette influence indéfinissable du hazard sur les travaux mêmes du génie, qu'il se trouva préparé au ton qu'un jour il devoit prendre, perfectionner & varier, dans cette suite d'Eloges littéraires qui, commençant par un

Géomètre, a fini par une appréciation juſte & fine des talents de l'Auteur du Glorieux & du Chantre de Ververt.

Le ton ferme & ſimple, la maturité d'eſprit, la ſupériorité de raiſon, qui caractériſoient ces deux coups d'eſſai, l'Eloge de Bernouilli & l'Eloge de Terraſſon, laiſſoient tout attendre d'un Ecrivain qui s'annonçoit ainſi, & déjà il ne pouvoit plus étonner par des ſuccès plus marqués : mais pour remplir l'attente du Public, il faut la ſurpaſſer ; & c'eſt ce qui arriva, lorſque ſon nom parut avec celui d'un célèbre Coopérateur au frontiſpice du plus beau monument littéraire de notre ſiècle.

Sur les fondements poſés par l'immortel Bacon, s'élevoit cet Ouvrage qui, par ſon étendue, par la ſeule audace de l'entrepriſe, commande, pour-ainſi-dire, l'admiration même avant de la juſtifier ; qui ajoûte toutes les connoiſſances de notre âge à celles des âges précédents, & les aſſure aux âges à venir ; qui, depuis les procédés les plus uſuels des Arts, depuis les pratiques les plus vulgaires de l'induſtrie, juſqu'aux Sciences les plus abſtraites, juſqu'aux ſpéculations les plus ſublimes, raſſemble tous les tréſors de l'eſprit humain ; qui, par l'ordre dans lequel il diſpoſe toutes ſes richeſſes, ou trop iſolées ou trop accumulées juſqu'alors, en fait mieux jouir leurs poffeffeurs; qui, montrant aux Arts la connexion qui exifte entr'eux, révèle aux Artiftes les fecrets les uns des autres, les étonne fouvent de leur voifinage mutuel, les avertit de leur fraternité, enfin leur apprend qu'ils ont tous une Patrie commune, ou plutôt femble la créer pour eux: monument immortel que nous avons vu, aux acclamations de l'Europe entière, terraffer l'envie qui s'étoit efforcée de le dégrader, & qui, par un avantage unique, dans fon imperfection même, affocie dès ce moment fes Auteurs à la gloire de la perfection qu'il doit obtenir un jour.

Dans cette immenfe Collection, parmi des noms prefque tous diftingués, & dont plufieurs font chers à l'Académie, M. d'Alembert, Rédacteur de l'Ouvrage, Auteur de toute la partie mathématique, l'eft encore d'un grand nombre d'articles importants en des genres fouvent prefqu'oppofés; traite avec un égal fuccès une queftion de phyfique, une matière de goût, un point de morale, un fynonyme françois, & laiffe fes Lecteurs incertains, s'ils doivent admirer davantage, ou la multitude de fes connoiffances, ou la variété de fes talents, ou la conftance infatigable de fes travaux.

Mais tous ces mérites divers, ces contraftes de talents multipliés fe réuniffent avec plus de fplen-
deur,

deur, comme en un foyer lumineux, dans ce Difcours préliminaire, où le génie, planant fur toutes les parties de l'entendement humain, & embraffant d'un coup-d'œil toute fon étendue, trace rapidement l'hiftoire de l'Homme & de la Société, celle des Sciences, des Lettres & des Arts ; pofe les principes d'après lefquels plufieurs font nés en même temps, les lois d'après lefquelles plufieurs font nés les uns des autres, & enfin établit l'ordre philofophique dans lequel ils font tous enchaînés.

On fait quel affemblage de circonftances avoit ralenti d'abord la publication de cet Ouvrage.

Son état, quelque temps incertain, laiffoit aux François & aux Etrangers un regret pareil à celui qu'ils éprouvent en contemplant dans cette Capitale la demeure impofante & imparfaite de nos Rois. Nous ne rappellerons point ici les efforts qui furent faits pour diffiper tous les nuages, pour juftifier les Lettres, pour impofer à leurs calomniateurs : mais cette époque, qui devoit être un jour fi mémorable dans la Littérature par l'ére ction de ce beau monument, l'eft encore devenue par cette longue difcuffion de la liberté littéraire, dont les principes, quelquefois contredits depuis ce temps-là, comme le font dans tous les fiècles ceux des plus fages Adminiftrations, éclaircis aujourd'hui par ces contradictions mêmes, font la bafe de la protection fage, éclairée, vigilante, que donne à cette liberté un jeune Monarque, qui, dans le court efpace de dix années, a rempli l'efpoir de la France, & déjà mérité des ftatues dans les deux Mondes.

La gloire de M. d'Alembert devenoit indépendante des adverfités qu'éprouvoit l'Encyclopédie; un Souverain dont les Gens-de-Lettres les plus célèbres avoient annoncé à l'Europe la gloire future, devenu alors lui-même un des arbitres de la renommée littéraire, appeloit M. d'Alembert dans fes Etats, & vouloit mettre à la tête de fon Académie l'homme qui paroiffoit en réunir toutes les connoiffances.

Mais le Philofophe, toujours attaché à fa Patrie, fidelle à l'amitié qui confole des injuftices, fit agréer au Roi de Pruffe un refus refpectueux & des regrets fincères. Ce Prince, qui n'avoit pu le poff</br>éder, ayant voulu le diftinguer par d'autres marques de fa bienfaifance, M. d'Alembert alla porter le tribut de fa reconnoiffance à fon premier Bienfaiteur.

Il eut le bonheur du moins de lui prouver fa reconnoiffance par une autre forte d'hommage plus digne du Souverain & du Philofophe : ce fut en éclairciffant les doutes qui reftoient au Roi de Pruffe fur différents paffages des Eléments de Philofophie;

difficultés , auroit-il dit , qui troublent rarement le repos des Rois.

Mais ce qui n'eft pas moins rare , c'eft de voir M. d'Alembert fupporter quelques jours un refroidiffement , pour avoir défendu contre un jugement peu favorable de ce Monarque , le célèbre Euler , alors fon rival en Géométrie.

De retour en France , & comme forcé d'immoler à fon repos l'accroiffement de fa gloire purement littéraire , il fe partagea entre la Géométrie & une Littérature plus facile , dont nous avons recueilli pendant plufieurs années des fruits fi multipliés & la plupart fi intéreffants.

Vous favez , MESSIEURS , combien il a contribué à redoubler l'empreffement du Public pour vos Séances , dans lefquelles il foumettoit à votre jugement des morceaux de Littérature , où l'on admiroit la fineffe de l'efprit , la variété des tons, le piquant des idées , & l'application fage & mefurée de la Philofophie aux Belles-Lettres.

Parmi les nombreufes Compofitions dont il occupa fes loifirs , on diftinguera cette fuite d'Eloges des Hommes célèbres que regrette l'Académie. M. d'Alembert, en qualité de Secrétaire , en étoit devenu l'Interprète , & même celui de l'opinion publique , fi l'on en juge par les applaudiffements donnés à chacun des tableaux, où au moins des deſſins, qu'il expoſoit à vos yeux ; Recueil pré- cieux pour l'Hiſtoire Littéraire, où l'Auteur, dans un ſtyle familier, mais ingénieux & piquant, ſait, par des vues & des réflexions neuves, par des faits curieux, par un heureux choix d'anecdotes, ſou- tenir, réveiller l'attention des Lecteurs, réunit tous les traits qui caractériſent chacun de ſes modèles, les montre dans la vérité de la Nature, & fait pour les Littérateurs ce que Fontenelle a fait pour les Savants.

Tels étoient les Ouvrages dont M. d'Alembert, bornant lui-même ſon eſſor, rempliſſoit les loiſirs que lui laiſſoit ſon étude favorite ; l'amour du repos commençoit même alors à l'emporter dans ſon ame ſur l'amour de la gloire : mais une offre inattendue vint le chercher dans ſa retraite, & ajouter encore à cette célébrité qu'il commençoit à fuir. En effet, l'homme qui, dans un de ſes Ouvrages, avoit écrit ces propres mots : *Quelle fable dans nos mœurs, que la Lettre de Philippe de Macédoine à Ariſtote pour le charger de l'éducation de ſon fils !* pouvoit-il s'at- tendre à voir cette fable ſe réaliſer pour lui-même? Ariſtote s'eſt immortaliſé en formant un diſciple immortel : M. d'Alembert a trouvé dans une pro- poſition ſemblable un autre genre de célébrité ;

cette offre féduifante de Catherine II ne put l'arracher à fes travaux, à fa retraite, à fes amis : & ce qui ajoûte encore au fingulier mérite de l'offre & du refus, c'eft que la Souveraine, en apprenant que fa Lettre eft dépofée dans les faftes de l'Académie, n'a été étonnée que de votre furprife, & que le Philofophe ne fut embarraffé que de l'étonnement que fes amis & le Public lui montrèrent fur fon refus.

Quel étoit cependant l'homme célèbre deftiné à étendre les connoiffances humaines, dont la réputation avoit rempli l'Europe, & que les Souverains les plus éclairés fembloient fe difputer ? Vous m'entendez, MESSIEURS ; & ce qu'il eft honnête de fentir, pourquoi craindrois-je de l'exprimer ? pourquoi, par un filence pufillanime, priverois-je fa mémoire du tribut fi touchant qu'obtiennent de toutes les ames nobles la vertu dans l'infortune & le génie dans l'obfcurité ? Quel étoit-il ? un malheureux enfant fans parents, fans berceau, & qui ne dut qu'aux apparences d'une mort prochaine & à l'humanité d'un Officier public, l'avantage de n'être point confondu dans la foule de ces infortunés rendus à la vie pour s'ignorer toujours eux-mêmes.

J'afflige votre fenfibilité, MESSIEURS ; mais je n'ai point dû ravir à M. d'Alembert une partie de fa gloire. La fatalité qui pourfuit quelquefois le génie, rehauffe le triomphe du génie. Ifolé, féparé de tout, il en paroît plus grand ; rien ne l'entoure, mais rien ne le cache ; il eft feul, mais il eft lui-même : d'Alembert n'avoit befoin que de lui ; c'eft dans le réduit inconnu où l'a relégué le hazard, que fe forment comme d'eux-mêmes fon caractère & fes talents. Bientôt la Nature, excitée par la vanité, jette un cri pour le rappeler dans fon fein ; mais il n'étoit plus temps : il avoit adopté pour mère celle dont les foins maternels lui avoient été pro-digués. Sa vie entière eft confacrée à payer la ten-dreffe affectueufe de cette femme fimple & fen-fible ; il ne fait plus s'en féparer : c'eft auprès d'elle qu'il compofe ces nombreux Ouvrages qui répan-dent fa renommée dans l'Europe ; c'eft près de fa Nourrice qu'il médite Newton, qu'il traduit Tacite, qu'il analyfe Montefquieu ; c'eft-là, il faut le ré-péter, l'orgueil n'enfevelit point fes titres, pour-quoi la gloire n'auroit-elle pas le droit de montrer les fiens ; c'eft-là que lui parviennent ces Lettres par lefquelles des Souverains l'appellent dans leurs Etats, celles par qui Voltaire lui communique fes penfées ; enfin c'eft de là qu'il part tous les jours pour venir apporter de nouvelles lumières dans les Sanctuaires les plus célèbres des Sciences & des Lettres.

Dans ce même afile où tant d'hommages venoient chercher le Savant illuftre, l'infortune & le talent dans l'indigence trouvoient encore plus fouvent un appui. Les malheureux ne furent jamais qu'il n'avoit que le fimple néceffaire, & il n'en vit jamais un feul fans fe croire riche. Il regardoit toute efpèce de luxe comme un crime contre la Société, tant qu'il exifte un feul homme dans le befoin. J'en attefte tous ceux que fa bonté compatiffante a fi fouvent fecourus, & ces enfants dont les talents précoces, mais négligés par une famille indigente, l'ont toujours rencontré venant leur offrir des fecours.

C'eft ainfi que s'écoulèrent cinquante années de la vie de M. d'Alembert; & lorfqu'enfin, aux approches d'une vieilleffe prématurée, les vives follicitations de fes amis, les infirmités de l'âge, le déterminèrent à fe rapprocher du lieu où vous tenez vos Séances, par quels foins attentifs n'a-t-il pas rendu cette féparation moins douloureufe pour la famille intéreffante qui refta toujours la fienne ! On peut le louer fans doute des fecours qu'il prit foin d'affurer à fa Nourrice, à fon mari, à fes enfants, bienfaits qu'il voulut rendre durables, & qui furvivent encore au Bienfaiteur; mais il fçavoit bien que le fentiment peut fe fatisfaire, & non pas s'acquitter par des dons. Vous l'avez vu jufqu'à fes derniers jours retourner avec une affiduité filiale dans cette fimple demeure où fa préfence étoit le plus doux de fes bienfaits ; où l'on jouiffoit, non de fa renommée, mais de fes fentiments ; où il a toujours laiffé ignorer qu'il fût un grand homme, mais où l'on n'oubliera jamais qu'il fut bon, reconnoiffant & généreux. Vous penfez, MESSIEURS, que de tels titres font bien au-deffus de fa gloire littéraire ; les regrets ignorés & cachés, ces tributs fecrets qu'obtiennent les vertus privées d'un Homme célèbre, mériteroient feuls l'Eloge public que l'ufage décerne aujourd'hui à fes talents : & j'ignore fi c'eft à M. d'Alembert, ou à vous, MESSIEURS, à qui je rends un hommage plus pur, en obfervant que l'Homme dont la mémoire appelle ici une Affemblée impofante, eft pleuré dans ce moment même par les enfants obfcurs d'un obfcur Artifan que la vertu a faits fes frères.

Réponfe

Réponſe de M. le Marquis DE CONDORCET,
Directeur de l'Académie Françoiſe, au Diſcours
de M. le Comte DE CHOISEUL-GOUFFIER.

MONSIEUR,

DES entrepriſes utiles aux Lettres, & de bons Ouvrages, donnent également des droits à la reconnoiſſance publique; & l'Académie, en vous adoptant à ce double titre, n'a été que l'interprète d'un ſentiment commun à tous les amis de la Littérature & de la Philoſophie.

Vous avez offert un grand exemple aux Jeunes-Gens à qui le ſort a fait le préſent dangereux d'une grande fortune. Dans un âge où le goût de la diſſipation obtient facilement l'indulgence, & la mérite peut-être, où l'on appelle Sages ceux qui s'occupent de leur avancement ou de leur intérêt; amateur ardent, mais déjà éclairé, de l'Antiquité & des Arts, vous avez tout quitté pour aller en étudier les débris au milieu des ruines d'Epheſe & d'Athènes, & interroger les Monuments de ce Peuple ſi aimable & ſi grand, à qui nous devons

* C

tout , puifque nous lui devons nos lumières.

On vous a vu, entouré des paifibles inftruments des Arts , vifiter les mêmes Contrées que vos Ancêtres n'avoient parcourues qu'en Pélerins conquérants ; vous êtes revenu chargé de dépouilles plus précieufes aux yeux de la raifon , que celles qu'ils ont obtenues pour prix de leurs exploits : & une Compagnie Savante, que l'Académie Françoife s'honorera toujours d'avoir vu naître dans fon fein , a cru ne pouvoir récompenfer votre entreprife d'une manière digne d'elle & de vous , qu'en oubliant tout ce qui vous étoit étranger, pour ne couronner que vos travaux littéraires.

Tous ceux que les Lettres & les Arts occupent ou intéreffent , ont lu avec avidité ce Voyage où la Géographie a puifé de nouvelles lumières ; où les Cartes Marines font perfectionnées ; où tant de Monuments font décrits avec précifion & deffinés avec goût ; où les mœurs, obfervées fans enthoufiafme & fans humeur , font peintes avec tant de vérité. Un heureux emploi de l'Hiftoire ancienne de la Grèce y offre fans ceffe des rapprochements inftructifs ou des contraftes piquants. Ce ftyle fimple & noble , fi convenable à celui qui parle de ce qu'il a vu & raconte ce qu'il a fait ; une exac-

titude fcrupuleufe fans longueurs & fans minuties ;
de la philofophie fans déclamation & fans fyftêmes :
tels font les caractères de cet Ouvrage. L'Auteur
y paroît conftamment animé par l'amour de l'humanité , par un fentiment profond de l'égalité pri-
mitive des hommes , qu'il eft fi doux de trouver
dans ceux qui ; s'ils n'avoient qu'une ame commune
& des talents ordinaires , auroient tout à perdre
par la deftruction des préjugés. Ce fentiment eft
au fond de votre cœur comme dans vos Ouvrages ;
& vous avez montré , dans des circonftances difficiles , que le refpect pour la qualité d'homme étoit
toujours & votre premier mouvement & votre premier devoir.

Une nouvelle carrière s'ouvre devant vous. Ces
mêmes Peuples, qui vous ont vu avec étonnement
deffiner les Monuments antiques que leur indiffé-
rence foule aux pieds , vous reverront , trop tôt
pour nous , honoré de la confiance d'un Prince ,
leur fidelle & généreux Allié. La Politique de l'Europe (du moins celle qu'on avouoit) fut long-
temps dirigée contre cet Empire , alors redoutable ;
& aujourd'hui , celle de plufieurs Etats femble chercher à le foutenir ou à le défendre : mais , ce qui
doit honorer & notre Pays & notre fiècle , elle

* C 2

ne veut employer que des moyens avoués par la
juſtice & conformes à l'intérêt général de l'humanité. Menacé par des Nations puiſſantes &
éclairées, le Trône des Ottomans ne peut ſub-
ſiſter s'ils ne ſe hâtent d'abaiſſer les barrières
qu'ils ont trop long-temps oppoſées aux Sciences & aux Arts de l'Europe. Cette vaſte Domi-
nation, qui embraſſe tant de belles Contrées,
qui renferme tant de Peuples jadis ſi célèbres, qui,
s'étendant des ſources du Nil aux rives du Pont-
Euxin, réunit tous les climats & devroit réunir
toutes les productions, ne peut plus appartenir
qu'à une Nation qui connoiſſe le prix des lumières.
Les lumières ſont le ſecours le plus efficace que
cet Empire puiſſe recevoir de ſes Alliés ; & l'art
des Négociations, qui a été ſi long-temps l'art
de tromper les hommes, ſera dans vos mains celui
de les inſtruire & de leur montrer leurs véritables
intérêts.

Ainſi, cette fauſſe Politique qui fondoit la proſ-
périté d'un Peuple ſur les malheurs ou l'ignorance
des Nations Etrangères, a dû diſparoître avec la
fauſſe Philoſophie qui vouloit trouver dans les erreurs populaires la ſource de notre bonheur & de
nos vertus. Une Philoſophie plus vraie, plus noble,

plus conforme à la Nature, s'eſt élevée ſur les ruines de ces vaines opinions que le mépris pour l'eſpèce humaine avoient enfantées, & qui ont flatté trop long-temps l'ignorance & la corruption des hommes puiſſants. Une lumière nouvelle s'eſt répandue; & tandis que ceux qu'elle éblouit ne ſe laſſent point d'en prédire les funeſtes effets, déjà des rives de la Delaware aux bords du Danube, vingt Peuples applaudiſſent au bien qu'elle a faits.

Mais puis-je m'arrêter à vous parler des progrès de la raiſon, lorſque tout me rappelle que nous avons à gémir ſur les pertes qu'elle a éprouvées?

Le grand Homme que vous remplacez, & à qui votre amitié juſte & courageuſe vient de rendre un ſi noble hommage, fut un des plus dignes appuis de la raiſon par ſon génie, par ſon caractère & par ſes vertus.

Au ſortir de l'enfance, entraîné vers la vérité par un inſtinct irréſiſtible, il ſe dévoua tout entier à ces Sciences où elle règne ſans partage, & bientôt il en eut reculé les limites. Si je me bornois à vous citer les problêmes importants qu'il a réſolus, les queſtions épineuſes & difficiles qu'il a éclaircies, les méthodes qu'il a inventées ou perfectionnées, les vérités dont il a enrichi le Calcul intégral, l'inſ-

trument le plus univerſel & le plus utile que l'eſprit humain ait inventé dans les Sciences, j'aurois
peint un grand Géomètre ; mais ces traits lui ſe-
roient communs avec d'autres hommes qui ont
illuſtré notre ſiècle. Ce qui caractériſe ſur - tout
M. d'Alembert, c'eſt d'avoir inventé un nouveau
calcul néceſſaire aux progrès des Sciences phyſiques,
tandis que les calculs de Newton & de Leibnitz
ſembloient avoir atteint le terme des forces de l'eſprit humain ; c'eſt d'avoir ſaiſi dans la Nature un
principe général & néceſſaire, auquel tous les corps
ſont également aſſujettis ; & qui détermine leurs
mouvements ou leurs formes dès qu'on connoît les
forces qui agiſſent ſur leurs éléments ; c'eſt d'avoir
tracé le premier la ligne que l'axe de la terre décrit
dans les Cieux, & calculé les cauſes qui, en le ba-
lançant dans l'eſpace, lui font accomplir ſa longue
période, dont elles conſervent la lente & paiſible
uniformité ; c'eſt *enfin d'avoir illuſtré ſon nom* par
pluſieurs de ces grandes découvertes qui ſurvivent
aux Ouvrages de ceux qui les ont faites, aux méthodes mêmes qui les ont produites, & ſont éter-
nelles comme les Lois de la Nature dont elles ont
révélé le ſecret.

Les Sciences ſe tiennent par une chaîne qui unit

chacune d'elles à toutes les autres ; & au point où elles fe rapprochent , elles fe prêtent des fecours mutuels. Souvent les Mathématiques ne peuvent attendre que d'une faine Métaphyfique la folution des difficultés qu'elles préfentent , tandis que la Métaphyfique a befoin de la Science du Calcul pour ne point s'égarer dans fes méditations fur la nature de la matière ou du mouvement, & ne peut recevoir que de la Géométrie la foible lumière qui lui permet d'entrevoir quelques objets dans l'abîme de l'infini. Philofophe autant que Géomètre , M. d'Alembert fut tirer une partie de fa gloire de ces recherches qui ont été fi fouvent l'écueil des Métaphyficiens , & même des Géomètres. Il a le premier appris aux Mathématiciens à douter des principes du calcul des probabilités, fur lefquels ils appuyoient avec trop de confiance leurs favantes théories. La Philofophie lui doit la preuve de cette grande vérité, que les lois de la Mécanique font une fuite néceffaire de la nature des corps. Souvent il a expliqué aux Géomètres des paradoxes où le calcul de l'infini les avoit conduits ; tandis que, développant aux Philofophes la nature de l'infini géométrique , il les familiarifoit avec cette idée qui étonne toujours notre foibleffe , & l'a fi fouvent confondue.

L'étude des Lettres, qui n'avoit été long-temps que le délassement de M. d'Alembert, devint pour lui une ressource nécessaire, lorsque ses organes affoiblis ne purent soutenir sans fatigue cette attention forte & continue qu'exigent les méditations mathématiques : son génie, comme il l'a prouvé dans ses derniers Ouvrages, étoit toujours capable des mêmes efforts ; mais il ne pouvoit plus les prolonger si long-temps. Nommé alors Secrétaire de cette Académie, il la regarda comme une nouvelle Patrie à laquelle il se dévoua tout entier ; les plus petits détails de ses fonctions étoient chers & importants à ses yeux ; il savoit y plier, sans contrainte & sans dégoût, ce génie qui avoit créé des Sciences nouvelles, & franchi l'espace sur le bord duquel Newton s'étoit arrêté. Il croyoit qu'une Société d'Hommes de Lettres, chargée des intérêts de la raison comme de ceux de la Littérature, devoit, avec un courage égal, opposer une barrière au mauvais goût qui dégrade l'esprit humain, & aux préjugés qui l'égarent ou l'abrutissent ; & il veilloit avec un zèle infatigable pour que les choix, les jugements, les démarches de la Compagnie dont il étoit l'Organe, répondissent à une destination si noble & si utile.

Combien de fois l'avons-nous entendu dans ces Assemblées,

Assemblées, tantôt combattre les préjugés littéraires avec les armes d'une philosophie sage & lumineuse, tantôt accabler les ennemis de la raison sous les traits de l'éloquence ou de la plaisanterie, n'employant que les ménagements qui étoient utiles à la cause de la vérité, évitant avec adresse de soulever contre elle les esprits timides ou prévenus, mais dédaignant les clameurs dont lui seul étoit l'objet, & bravant avec courage cette foule impuissante d'ennemis & d'envieux que les vertus & les talents traînent à leur suite !

Il existe, dans la Littérature & dans la Philosophie, un nombre beaucoup plus grand qu'on ne croit d'opinions qui se transmettent d'âge en âge, qu'on regarde comme certaines, parce qu'on les a toujours crues, dont on a mille fois prétendu donner des preuves & que jamais on n'a examinées. M. d'Alembert se plaisoit à combattre ces opinions, à les montrer telles qu'elles étoient, dénuées de tout ce que le temps, l'autorité, l'habitude leur avoient donné d'imposant. Lui reprochera-t-on de n'avoir pas toujours substitué à ces opinions, les vérités dont elles tenoient la place ? C'est avoir éclairé les hommes, que de leur avoir appris à douter ; & pour qu'ils marchent librement vers la vérité, il faut com-

* D

mencer par en débarraſſer la route, des erreurs ou des opinions qui empêchent de la reconnoître ou de la ſuivre.

Le zèle de M. d'Alembert pour l'Académie, lui fit entreprendre d'en continuer l'Hiſtoire, mais ſur un nouveau plan, & avec des vues plus profondes. L'éloquent & généreux Péliſſon, le ſavant Abbé d'Olivet, s'étoient bornés à raconter avec ſimplicité les principaux évènements de la vie des Académiciens, & à rapporter quelques anecdotes ſur leurs Ouvrages. Mais M. d'Alembert a ſenti que l'Hiſtoire des Ecrivains célèbres ne doit pas intéreſſer ſeulement ceux qui cultivent les Lettres ; qu'elle doit être l'hiſtoire des travaux & des progrès de l'eſprit humain, le tableau de l'influence que peuvent avoir ſur la conduite de la vie, ſur le caractère ou ſur les vertus des hommes, le goût de l'occupation & la culture de l'eſprit. C'eſt-là qu'on peut étudier l'homme dans ceux de ſon eſpèce qui ont le plus perfectionné leur raiſon, qu'on peut obſerver l'empire des préjugés populaires ſur les hommes que leur éducation auroit dû y ſouſtraire, & l'influence lente, mais ſûre, du jugement des hommes éclairés ſur les opinions du Peuple. C'eſt-là qu'on peut apprendre à connoître la marche des préjugés qui tantôt remontent du Peuple à ceux qui devroient l'éclairer & le détromper, & tantôt commencent par les hommes inftruits, defcendent d'eux au vulgaire, & gouvernent le Peuple long-temps après que ceux qui exercent leur raifon ont fu les rejeter.

Soixante-dix Eloges d'Académiciens, différents par leur génie, par leur état, par le genre de leurs Productions, ont occupé pendant quelques années les loifirs de M. d'Alembert; & dans ces Ouvrages, variant fon ftyle avec fes fujets, toujours ingénieux, toujours clair, il montre par-tout une raifon fupérieure, une philofophie vraie & élevée, dont il a fouvent l'art d'adoucir les traits, pour la rendre plus ufuelle, plus utile au grand nombre.

Ce goût exclufif pour ce qui eft utile & vrai, étoit un des traits caractériftiques de fon génie, & domine dans fes Eloges comme dans fes autres Ouvrages. M. d'Alembert rejetoit avec dégoût tout ce qui dans les Sciences n'étoit pas appuyé fur les faits ou fur le calcul. Un fyftême brillant, une théorie incertaine, quelque profonde qu'elle fût, n'étoient à fes yeux que des bagatelles férieufes indignes d'occuper des hommes. Dans la Philofophie, il dédaignoit toutes ces opinions fpéculatives où l'efprit trouve

fans ceffe à creufer plus avant dans un terrain toujours ftérile ; il haïffoit la fubtilité , & parce qu'elle
nous égare, & parce qu'elle confume en de vains
travaux notre temps & nos forces ; il ne craignoit
point de trop rérrécir le champ où l'efprit humain
peut s'exercer, parce qu'il favoit qu'il refte affez de
vérités utiles à découvrir pour occuper les hommes
de tous les âges.

Plufieurs des Eloges de M. d'Alembert ont été
lus dans les Séances publiques de l'Académie ; on
fe rappelle les applaudiffements qu'ils ont excités :
l'effet qu'ils ont produit eft préfent à l'efprit, à
l'ame de ceux qui m'écoutent, & qui, encore rem-
plis de ce qu'ils ont entendu, me reprochent peut-
être que l'Amitié n'ait pu m'élever affez au-deffus
de moi, pour exprimer d'une manière plus digne
d'eux leur reconnoiffance & leurs regrets.

M. d'Alembert, au moment où l'Académie s'eft
féparée, étoit perfuadé de fa fin prochaine : on l'a-
voit vu fupporter avec impatience des infirmités qui
lui ôtoient la liberté de travailler & d'agir ; mais il vit
approcher d'un œil ferme le terme de fa vie. Quand
il fentit que fa carrière étoit finie pour les Sciences
& pour les Lettres, il fupporta avec conftance des
maux qui n'étoient plus que pour lui, & renonça

même au défir de prolonger une exiftence qu'il regardoit comme inutile. Supérieur à ce courage d'of-
tentation qui fe plaît à combattre avec la douleur
pour avoir l'honneur de la vaincre, il cherchoit à
s'en diftraire & à l'oublier : mais il favoit foutenir
avec une fermeté tranquille l'idée de fa deftruction,
lorfqu'il y étoit ramené par des foins que lui infpi-
roit fa bienfaifance, ce fentiment de toute fa vie,
dont il voulut étendre les effets au-delà même de
fon exiftence. Occupé du progrès des Sciences &
de la gloire de l'Académie jufques dans fes derniers moments, il jouiffoit des fuccès d'un Confrère
fon ancien ami, qui l'a remplacé dans cette Compagnie ; il me parloit du devoir dont je m'acquitte
aujourd'hui envers fa mémoire, & par un fentiment
d'amitié qui fermoit fes yeux fur tout autre intérêt, il daignoit fe féliciter que le fort m'eût confié
cet emploi douloureux. Il oublioit fes maux, & for-
toit de fon abattement pour s'intéreffer à ces expé-
riences qui ont ouvert un nouvel élément à l'acti-
vité des hommes. Il verfa quelques larmes fur la
perte de l'illuftre Euler, en voyant avec tranquil-
lité qu'il alloit fuivre bientôt le feul de fes rivaux
que la Poftérité, plus impartiale & plus éclairée que
les Contemporains, ofera peut-être placer à côté

de lui. Mais je fens, Monsieur, que je m'arrête trop long-temps fur ces détails fi cruels & fi chers. Accoutumés tous deux à regarder fon amitié comme une partie de notre bonheur, liés par le fentiment qui nous unifloit à lui, & maintenant par celui d'une douleur commune, nous pourrions, dans un entretien folitaire, adoucir nos peines par le plaifir de nous en occuper fans partage : mais les pleurs de l'amitié doivent couler dans le filence, tandis que l'Europe retentit des regrets des Savants qui ont perdu celui qu'ils regardoient comme leur maître & leur modèle; que les Nations Etrangères fe plai-gnent de ne plus entendre cette voix dont les fages leçons leur ont été fi utiles; & que le Tombeau du Newton de notre fiècle eft honoré par les larmes du Héros qui a égalé Guftave-Adolphe par l'éclat de fes victoires & l'a furpaffé par fon génie.

www.ingramcontent.com/pod-product-compliance
Lightning Source LLC
Chambersburg PA
CBHW061623180626
46818CB00005B/2208